Dérives

À Béatrice
et Michel.

Pour Aude & Ambroise

Ami-Calmant.

St. Malo

SCHMITT

2008

Michel-Yves
Schmitt

Dérives

La boîte à bulles

La boîte à bulles

5 villa du petit valet 92160 Antony
Conception graphique : Vincent Rioult
Dépôt légal : octobre 2005 | isbn : 2-84953-020-4

www.la-boite-a-bulles.com

PARIS, 12e ARRONDISSEMENT
Je passe mon temps à montrer aux employés comment redémarrer leur PC...
C'est dire si c'est follement amusant le boulot d'informaticien.
Heureusement qu'au service informatique, on n'est jamais en panne de conneries pour égayer nos journées...
Le dernier gag que j'ai instauré, c'est de nommer mon disque dur "ton cul". C'est très con, mais ça m'éclate...
Je glisse un fichier dans "ton cul", j'évite de mettre "ton cul" à la poubelle, "ton cul" est saturé, je fais monter "ton cul" sur le bureau...
Mon collègue a appelé le sien "ma bouche"... Je te laisse imaginer ce que ça peut engendrer lorsqu'il envoie des données de son disque dur au mien...
Ce sont des heures de rire...
1
Bon, si je t'offrais un verre de champ' au buffet ?...

Je m'emmerde...
Je me demande ce que je fous ici franchement...
Je suis fatigué
Je me fais chier au milieu de crétins qui déblatèrent sans reprendre leur souffle...
Et j'étouffe !
J'ai l'impression d'être sur les Champs-Élysées le soir de la Coupe du Monde... Fichue idée de mettre un pull sans rien dessous. J'peux même pas l'enlever...
J'suis con !
Marre d'écouter ces farauds par paquets de douze, satisfaits d'appartenir à une élite factice...
Un système qui les pourrit de thune pour mieux les utiliser...
Est-ce que je les tanne avec mes états d'âme ? `Comprendraient pas d'ailleurs...
Incapables d'imaginer qu'un mec fasse le zouave dans des hypermarchés, à promouvoir la toute dernière culotte élastique pour femmes de 90 kilos. Tout ça pour espérer un jour pousser 3 tirades sur les planches d'un théâtre.
2

Bon je sais, j'ai un niveau de sociabilité qui frise le néant, ça influence pas mal mes impressions. Mais j'y peux rien, lorsque je me fais chier, je deviens con et intolérant...
Je n'ai jamais pu supporter ce genre de pseudo-intellos tout droit sortis d'AB Productions...
...qui arborent leurs diplômes sur leurs troncher...
Y'en a même qui trouvent le moyen d'incruster un peu plus d'abrutis virtuellement.
Pardon... Vous dérangez pas surtout!!
Faites comme si je n'étais pas là!
Même le buffet fait pitié!...
Le plus touchant, c'est ce style de piquette à 2€90 que les petits futés apportent pour siffler l'alcool des copains, évidemment moins futés!...
3

Lorsqu'il ne reste plus rien à boire, on peut dire que la fête est finie...
Faut savoir se retirer en toute sobriété.
Par contre... Y'en a une qui va me faire la tronche si je me tire subitement.
Anna...
Quelle idée de m'avoir traîné ici !
Bon... Je vais retourner me planter dans ce cher vieux canapé, tenter de me choper un cancer-éclair des poumons pour figurer dignement dans le prochain Guinness Book !...
Merde, si lui aussi m'abandonne...
Reste la cuisine... Ne jamais oublier la cuisine lorsqu'une soirée vous est hostile.

Trop tard !... Ils sont partout.
Et l'Internationale en sonnerie, c'est pas mortel, ça ?!...
Allez hop! Marre... Je dégage... Rien à foutre de ce qu'Anna va penser après tout.
Me faire violence, ça va me donner de l'urticaire...
Tu... Tu t'en vas ?!
Oui... J'en ai assez vu.
Mais ?!...
5
Tu peux pas partir... C'est... Ça se fait pas. Que vont-ils penser, bon sang ?...
Ce qu'ils veulent.

Tu pourrais faire un effort !.. Au moins pour moi.
J'en vois pas l'utilité...
Pardon ?... Ça te plaît tant qu'ça d'être aussi odieux ?...
J'en sais rien, mais j'étudierai la question un jour...
Oh ! J't'en prie... Arrête de la jouer "mec blasé" en plus, c'est pénible !!
Non !! C'est nous qui arrêtons. Là, tout de suite, une fois pour toutes !
Comment ?.., Qu'est-ce que tu me chantes ? C'est brutal comme décision, non ?
Je... Je ne te comprends plus.
Raison de plus pour en terminer nous deux...
Parfait !!... Fini tout ce cirque. J'en ai assez de tes sautes d'humeur !
Vu le peu de considération que tu m'accordes, j'suis gagnante...
J'ai été trop stupide d'essayer de te comprendre, de t'aider, car finalement tu te détestes à tel point que tu préfères accuser les autres d'être les responsables.
Dorénavant, tu seras seul face à tes petites frustrations existentielles...
Sans doute un jour saisiras-tu l'importance de nous laisser une place dans ton petit monde d'égoïsme et d'intolérance, en arrêtant d'exprimer continuellement tes mécontentements avec ce cynisme déplacé...
Pour le moment, c'est minable.
Moi, j'ai donné durant quatre mois et ça ne m'intéresse plus...
6

C'est bon, t'as fini ton laïus ?!
J'veux plus te voir ! Casse-toi... Casse-toi j'te dis !!
Et disparais de ma vie !
C'est ça... Oublie-moi.
C'est déjà du passé !
... Désolé.
Terminé... Une fois de plus.
Ça ne colle jamais... À chaque relation, c'est le jeu de massacre...
J'accumule les tensions jusqu'à la cassure... J'y peux rien. Je ressens l'amour comme une imposture.
Pas moyen de m'excuser. Je me rebiffe et je deviens méchant...
7

Bon, arrête le mur des Lamentations mon p'tit Luc, et accélère le pas, sinon c'est la crève assurée...

10

Chapitre 1

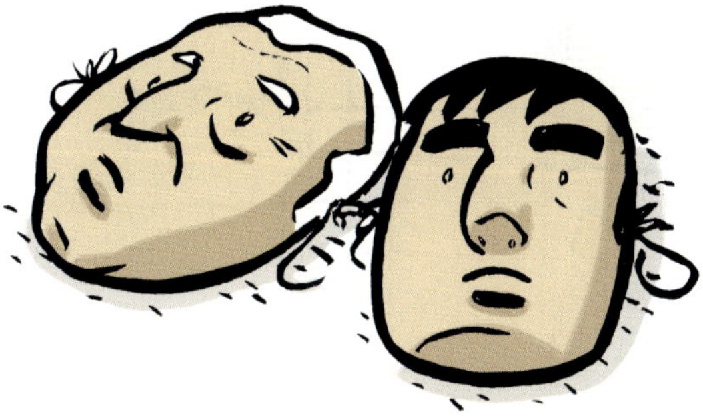

9h20... FIP circulation...
Vous êtes coincés dans votre voiture ce matin.
Il y a déjà 12 km de bouchon sur le périphérique en direction de la porte de la Chapelle...
Prenez donc le temps de regarder cette splendide couche de pollution au-dessus de votre tête...
DRING!
DRING!
DRING!
Luc?
Salut Nat'
Il... Il aimerait te voir...
Tiens donc, je n'ai aucune nouvelle pendant des mois et tout à coup, là, mon paternel me réclame...
Je t'en prie... On peut pas dire que t'appelles souvent...
Ça m'avancerait à quoi ?...
Vu le peu d'intérêt qu'il me porte...
Quand cesseras-tu de faire l'enfant?

Ça fait longtemps que je ne suis plus un gamin Nathalie...
J'ai très bien compris qu'il ne fallait rien attendre de personne, et surtout pas de lui...
Alors s'il te plaît, me prends pas pour un con et remballe tes sermons.
Tu te trompes. Hier soir encore il me parlait de toi, du besoin de te voir... Moi qui suis à ses côtés, je t'assure qu'il change.
C'est trop tard. Qu'il aille au diable...
Dorénavant, je préfère me préserver. C'est ce que j'aurais dû faire depuis ma naissance.
Ah, je reconnais bien là ton arrogance... Il serait temps que tu te renouvelles.
Tu ne peux pas le renier sans appel, bon sang. Je le sens vraiment misérable dès qu'on aborde ton sujet...
Alors prends aussi sur toi avant de n'avoir plus que des remords pour seule compagnie.
12

Pas la peine de me faire culpabiliser...
Après tout, il n'a qu'à m'appeler lui-même s'il est si différent...
Écoute, ça viendra. Avec le temps...
Donc rien n'a changé... Ne sois pas dupe Nathalie, il a toujours été sournois.
Non, tu as tort... Si tu ne veux pas venir pour lui, fais-le pour moi.
Ok, j'ai rien à foutre cet après-midi, tu peux lui dire qu'il a de la chance
Merci.
13

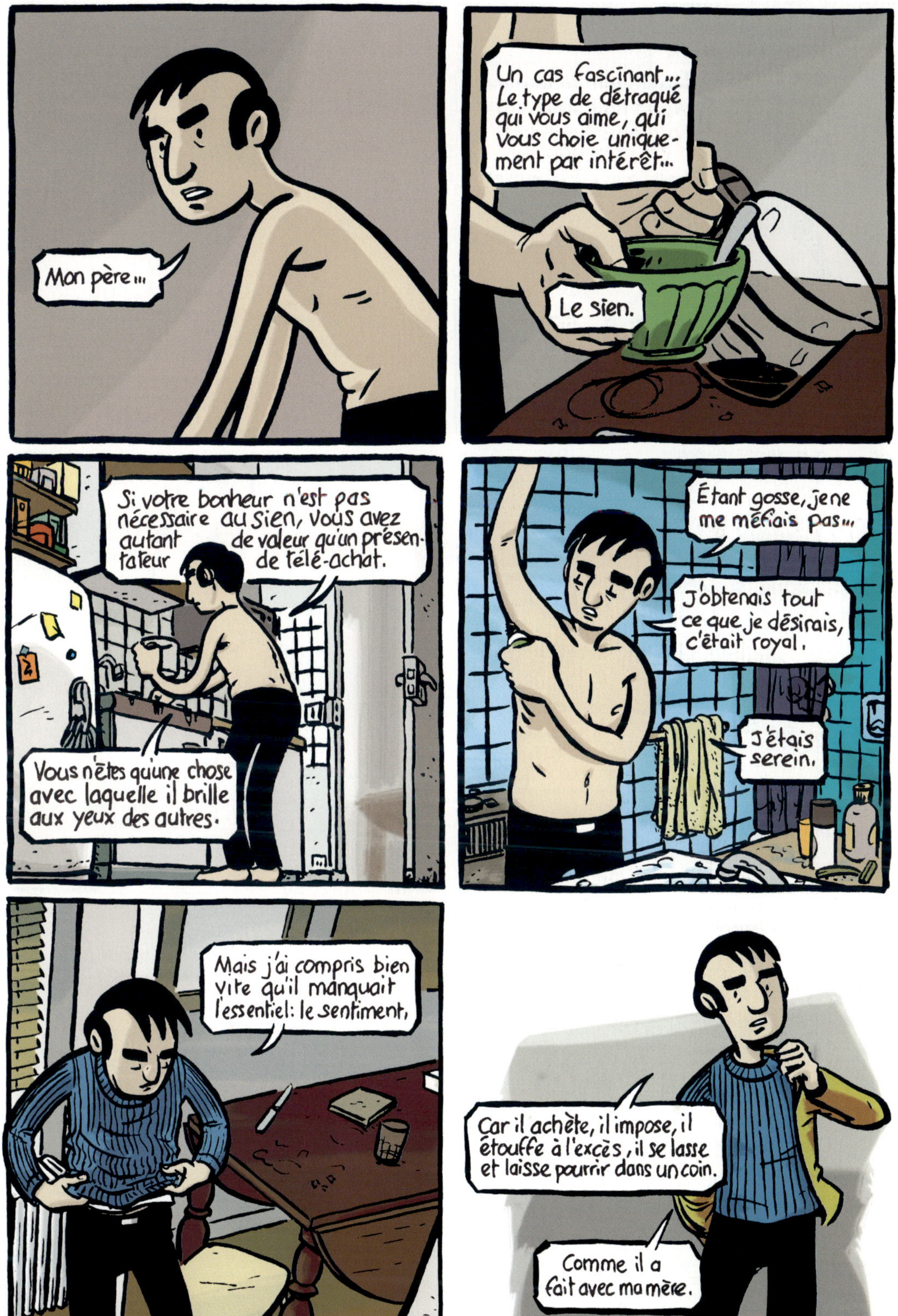

Mon père...
Un cas fascinant... Le type de détraqué qui vous aime, qui vous choie uniquement par intérêt...
Le sien.
Si votre bonheur n'est pas nécessaire au sien, vous avez autant de valeur qu'un présentateur de télé-achat.
Vous n'êtes qu'une chose avec laquelle il brille aux yeux des autres.
Étant gosse, je ne me méfiais pas...
J'obtenais tout ce que je désirais, c'était royal.
J'étais serein.
Mais j'ai compris bien vite qu'il manquait l'essentiel: le sentiment,
Car il achète, il impose, il étouffe à l'excès, il se lasse et laisse pourrir dans un coin.
Comme il a fait avec ma mère.

Il y aurait tant à dire...
Tenez, lorsque j'avais neuf ans, j'étais en pleine crise affective. Je chialais souvent sans que mon père en saisisse les raisons profondes ...
... Et bien fiston ... C'est quoi ces larmes?
Pourquoi c'est toujours maman qui vient me chercher à l'école?... Tu sais, j'ai des copains, leur papa il vient parfois...
Tu sais, mon emploi de conseiller en bourse m'accapare énormément. Ta mère a plus de liberté...
C'est donc ça...
Pourtant, ton bureau est proche de l'école.
Quand tu seras plus grand tu comprendras que le temps est précieux...
Mais si tu veux, demain j'irai te chercher...
Bonjour Luc.
Je suis la secrétaire de ton papa. Il m'a chargée de t'accompagner... Il est très heureux à l'idée de te montrer son bureau.
15
Prends ma main s'il te plaît!...
Dégoûté...

Cours Simon
Tu lis ton avenir dans les petites annonces ?!...
Tiens, Benoît. Qu'est-ce que tu deviens ?... Me dis pas que tu suis toujours les cours de cette école douteuse ?
Si... Figure-toi que je répète en ce moment... Une adaptation du Cid.
16
Et devine qui a chopé le premier rôle ?...
Non ?... Ils te laissent flinguer la pièce ?...
Toujours égal à toi-même.

Et de ton côté ?
Je fais régulièrement le zouave avec un micro pendant les soldes des grands magasins. Que veux-tu, j'ai une voix qui fait cracher le portefeuille du chaland.
C'est pas transcendant mais ça paye le loyer.
Et puis être un jeune prodige plein de talent, mais crevant la dalle, très peu pour moi !...
Bah ! Avec du bol, tu parviendras un jour à vendre du déodorant à un directeur de théâtre. Il sera ébloui et te donnera illico le rôle de Richard III...
Ha, ha !! Il faut bien que certains réussissent à percer sans se faire chier sur les bancs douloureux d'une école mégalo.
On en reparlera dans quelques années, quand je décrocherai un Molière...
Rendez-vous dans 10 ans ... Comme dit la chanson...
D'ici là, ça te tente un café ou tu préfères rester te pourrir les yeux sur les petites annonces ?...
D'accord. C'est moi qui rince. Laisse-moi le privilège d'inviter la prochaine idole.
17

BRASSERIE
ARTOIS
Deux expressos s'il vous plaît.
Tu ne m'as jamais donné la raison de ton départ du cours Simon.
Tout simplement à cause de sa pédagogie tyrannique. Je trouvais ça franchement dévalorisant.
Nous infliger la présence d'anciens élèves pour nous faire la morale, et nous taxer de blancs-becs utopistes...
C'est une façon de torpiller les ardeurs que je ne conçois pas.
C'est une forme de sélection comme une autre.
Que je réprouve.
Crois-moi, les humiliations, j'en ai connu des wagons depuis mon enfance...
Côtoie mon père, et tu verras qu'il n'y a pas meilleure école pour forger un caractère et un vécu pittoresque...
18

Et puis surtout, je n'avais pas envie de me refarcir le même schéma en cours.
J'imagine.
N'empêche, l'école permet de prendre conscience de ses facultés et de les exploiter.
Contrairement à ton père qui, si je m'en souviens bien, n'a jamais beaucoup apprécié ton goût pour le spectacle.
Ouais... il s'est toujours employé à rendre puéril ou idiot chaque choix que j'ai fait...
En somme, je ne suis fait que de contradictions.
Ohlà !! Inutile de se lamenter. Il faut plutôt se secouer...
Tiens, je dois donner la réplique à de jeunes comédiens, pour la pièce. Viens avec moi. On ne sera pas trop de deux pour les dresser...
Désolé, mais je me rends à Vincennes. Visite forcée au paternel.
Quel cran !... Bon, si tu changes d'avis, voici mon téléphone.
Salut Benoît... À bientôt devant le panneau d'annonces.
19

Je peux avoir un autre expresso s'il vous plaît ?!
Je sais ce que vous pensez...
Je suis aigri et jaloux.
Que voulez-vous, mon instinct de conservation tend naturellement vers un certain snobisme...
Permettez-moi de penser qu'en fait on ne jalouse que ce qu'on aime...
Bonne journée !
Merci monsieur, bonne journée.

METROPOLITAIN
Kamel, tu te calmes maintenant. Ou c'est direct retour en classe.
C'est pas moi m'sieur, c'est Arno qui m'emmerde...
C'te bouffon lui... C'est même pas vrai. L'écoutez pas, m'sieur!
Ça suffit vous deux!
Regardez plutôt les affiches sur le quai. Celle sur l'Égypte...

Vous avez déjà étudié l'Égypte en cours d'histoire avec monsieur Guernaud?...
-25%
La meuf sur l'affiche à côté, elle a d'ces nibards... Matez m'sieur!
Arno, je... je ne te parle pas de ça.
P'têt, mais moi, j'vous dis qu'elle est trop bonne...
Si on allait dans ce club de gym, au lieu d'aller au musée, m'sieur?...
22

Vincennes...
La ville où j'ai passé la majeure partie de ma vie...
On est venu ici avec mes parents lorsque j'avais sept ans... Pour n'en plus bouger.
Question de standing affirmait mon père...
C'est drôle, la façade paraît moins tape-à-l'œil aujourd'hui...
Pourtant maman trouvait cette baraque un brin trop voyante...
12
Elle n'en a plus rien à foutre là où elle est...
Dire que je n'ai pas pu assister à son enterrement...
J'étais loin... À perdre mon temps aux États-Unis.

Ah! Luc...
Salut Nathalie!
Laisse-moi te regarder, T'as pas un peu maigri?
Ne joue pas la mère poule, c'est pas ton style.
Mon père est là?
Oui, dans son bureau. Il descend dans un instant... Il est en discussion avec le médecin.
Qu'est-ce qu'il a? Il est souffrant?
Non, simple check-up m'a-t-il dit...
Il n'a jamais porté les toubibs dans son cœur...
Je sais. Je le trouve en parfaite santé qui plus est...
Mmmh... Ça sent l'embrouille une fois de plus...
À moins que tu lui en demandes trop au lit?...
Ne dis pas de conneries. Ça fait une éternité qu'il ne m'a pas touchée.

Oh! Et ça ne te manque pas?
Disons que je me débrouille...
Ouais, c'est pas la fidélité qui t'étouffe...
Et puis, lorsqu'il claquera, tu seras pétée de fric...
T'es abject!
Sans t'arriver à la cheville...
Sers-moi donc un verre s'il te plaît.
...Et toi. Tu vas bien?
Bah... J'ai une semaine de boulot tous les deux mois, je vis dans un 24 m², et je viens juste de plaquer ma copine. On peut considérer que ça va en effet...
Le pauvre amour...
Ah non, non, non, pas touche... T'es incorrigible.
C'est un psy qu'il te faut, pas un chirurgien plastique...
Tu dépenserais plus utilement le fric de mon père...
25
Tes flatteries m'ont toujours laissée indifférente...
Alors que ton sexe...

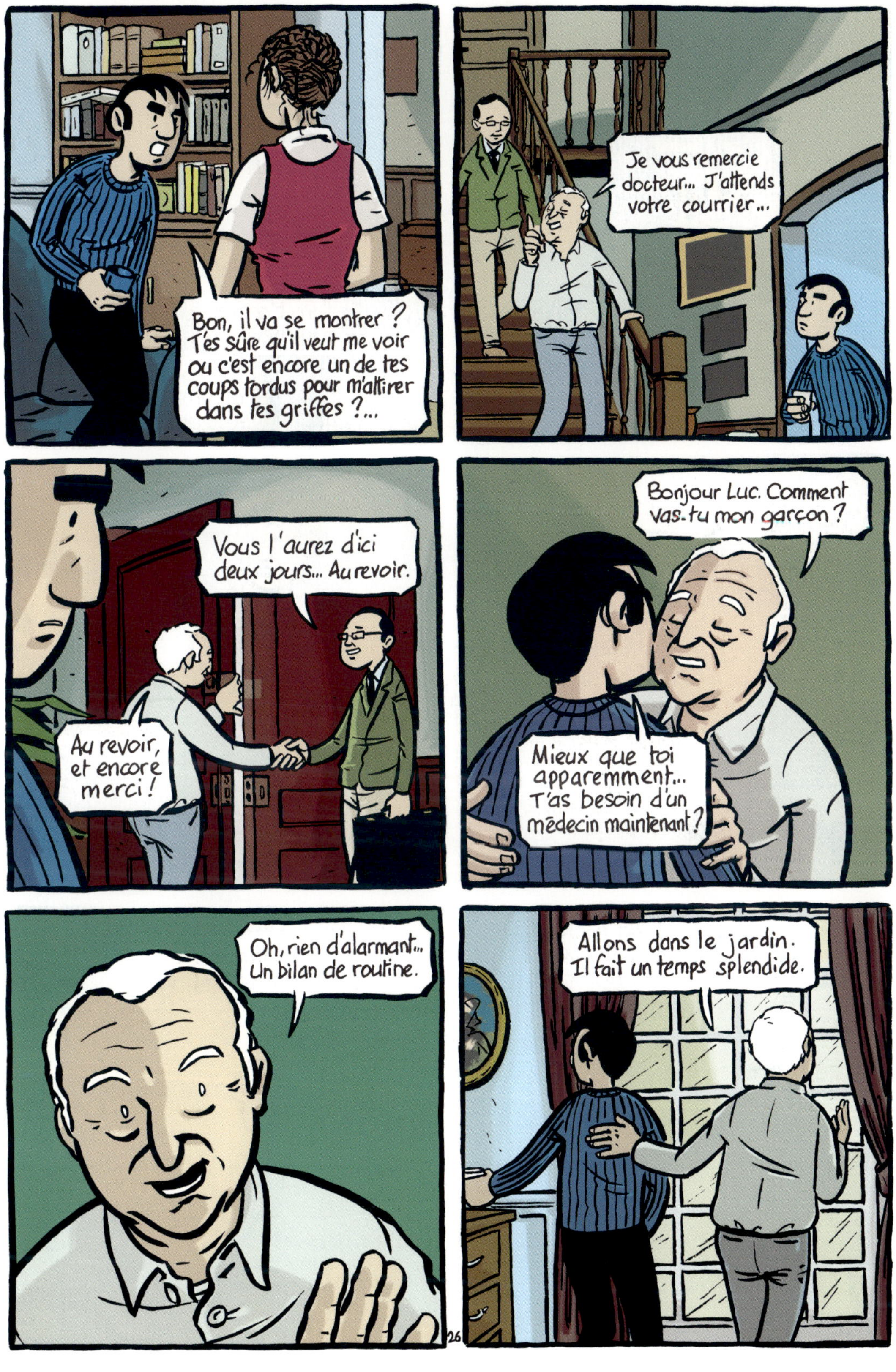
Bon, il va se montrer ? T'es sûre qu'il veut me voir ou c'est encore un de tes coups tordus pour m'attirer dans tes griffes ?...
Je vous remercie docteur... J'attends votre courrier...
Vous l'aurez d'ici deux jours... Au revoir.
Au revoir, et encore merci !
Bonjour Luc. Comment vas-tu mon garçon ?
Mieux que toi apparemment... T'as besoin d'un médecin maintenant ?
Oh, rien d'alarmant... Un bilan de routine.
Allons dans le jardin. Il fait un temps splendide.

Tu peux nous laisser chérie ?
Oui, bien sûr !
...Toujours apprenti saltimbanque ?...
Ça débute mal... Si tu veux que je te plaque là...
Pardonne-moi... Tu joues en ce moment ?
Bien sûr. Je joue Guignol dans : "Moins 30 % sur le prix des chaussettes"...
dans une salle superbe... Les Galeries Lafayette.
Je vois...
Tu continues ton numéro de vendeur...
Je pourrais t'aider à trouver un job, tu sais...
J'ai des clients dans pas mal de milieux... En passant un coup de fil...
Arrête... T'as un directeur de théâtre ou un metteur en scène dans ton carnet d'adresses ?...
Non, alors laisse tomber !
Et quand bien même... Pas question de me sentir redevable.
Tu m'as assez rabâché t'être fait tout seul sans l'aide de personne. Par conséquent...
27

Puisqu'on en est à parler boulot, tu ne devais pas prendre ta retraite ?
Pas avant de trouver la personne digne de reprendre l'agence.
Ça risque d'être long. T'as jamais fait confiance à qui que ce soit.
S'il suffisait de claquer des doigts...
Franchement, tu me vois rester à la maison, à m'occuper du jardin ou à jouer à la pétanque avec le voisin... Et supporter en plus Nathalie à longueur de journée ?
Ouais... Bien que je l'imagine plutôt dans les magasins qu'à la maison.
T'en veux une ?
Non merci. J'ai arrêté.
Marre d'avoir l'haleine d'un cendrier. Tu devrais faire de même.
J'ai essayé... Pas tenu.
Tu dînes avec nous ?
J'pense pas...
J'me sens pas capable de passer toute une soirée avec toi...
À ce point ?
T'as la mémoire courte.
Ça fait quatre ans que j'ai quitté cette maison pour cause de désaccords sur la façon de gérer ma vie.
Ce serait l'occasion d'y mettre un terme.
Ha, ha ! C'est dingue... T'es amical, complaisant, mais je sais que rien n'a changé... Passé ces civilités, nos discussions se termineront comme toujours en engueulades...
Alors merci, mais j'aime mieux pas.
28

À croire que je suis un monstre. Comme ce type, Hannibal, qu'on aborde avec précaution au travers d'une vitre.
Oh là !!...
Depuis quand tu fais référence au cinéma ?
Toi qui détestes tout ce qui se rapporte au spectacle...
Quelle hargne... Tu mords tel un animal blessé.
Effectivement. Et toi, tu cherches à m'apprivoiser...
J'suis pas le renard du Petit Prince... Le passé est ancré là et ça ne s'oublie pas.
À défaut de pardon, j'espérais le dialogue. Mais c'est sans issue ...
Rentrons...
Je ferais mieux d'y aller...
Ainsi soit-il... Mais je souhaiterais que tu passes avant par mon bureau.
29
Entre ...

Ce bureau... Dire qu'il m'effrayait lorsque j'étais gosse...
Je te présentais mon carnet de notes pour le faire signer... Tu l'examinais en silence.
Cette pièce me faisait flipper. J'avais les oreilles qui bourdonnaient péniblement quand je savais mon carnet désastreux.
D'où me venait cette panique?
De ton image d'autorité toute puissante sans doute.
Je me rends compte que tu es un individu pour qui j'ai perdu tout respect. Devant qui j'exhiberais aujourd'hui un carnet déplorable...
...par provocation.
Maman...
Comment un fils peut-il imaginer perdre sa mère?... Ou un jour son père... Avec qui pourtant il est la plupart du temps en désaccord...
30

Qu'est-ce que tu dis ?
Rien... Je... je rêvassais.
J'ai préparé quelques papiers. Je voudrais te les montrer...
Quels papiers?
J'ai modifié certaines assurances-vie...
D'où le bilan de santé...
Oui. S'il m'arrive quoi que ce soit, je veux que cet argent te revienne de droit.
La maison ira évidemment à Nathalie... Tu n'as qu'à rédiger une lettre spécifiant ton accord pour éviter tout litige... Je connais la voracité de Nathalie pour l'argent.
C'est pas vrai !
Je me fous de ton fric. Si tu espères recoller les morceaux...
Pas du tout... Je tiens seulement à ce que tout soit clair entre vous deux.
Ben voyons. Tu serais ainsi rassuré de savoir ta progéniture à l'abri...
31
Tu serais trop fier d'afficher au mur de ton bureau, dans un joli cadre : Certificat du travailleur qui a bossé toute sa vie et proclame haut et fort "moi, j'ai veillé à l'avenir de mon gamin"...
Tu te méprends.

Moi, je veux être considéré pour ce que je fais, pour ce que je suis, Et non comme une sorte de placement...
T'as plus qu'à les bouffer, tes papelards ...
Luc !!
Luc, reviens!
32

Chapitre 2

Salut... Entre, t'es le premier.
Wow!! Il a grandi.
Qu'est-ce que tu veux qu'il fasse d'autre.
Il paraît que Ben a grandi ?
C'est pas vrai ?!..
Foutez-vous de moi... Comme t'as décidé d'arrêter de boire, ça c'est pour toi.
Et pour fêter cette sage décision, on va arroser ça au champagne...
33

Je pensais être le seul invité...
Je connais les autres?
Arrête de faire ton sauvage.
T'as mis de la coriandre?
Mon amour!! Tu peux t'occuper de notre hôte s'il te plaît?!
Luc, viens m'aider à changer Benjamin!!
Traître ...
...T'aimerais pas un joli poupon comme celui-ci?
Oh, je plains la femme qui devra se farcir deux gamins à la fois...
Un de quelques mois et l'autre de 26 berges.
Thierry pensait comme toi avant, mais avec Benjamin, c'est dingue comme il a mûri.
Bien obligé.
Détrompe-toi... Ok, les premiers temps, il aurait volontiers "retiré les piles de cette alarme ambulante"... Mais il s'implique. On fait tout à deux, sans crainte du quotidien.
C'est pas comme le mec d'une copine qui s'est barré au bout de quelques mois... Moins de temps libre, moins d'intimité, ajouté à la fatigue de certaines nuits...
Il a pris ses valises et bye, bye en bredouillant n'être pas prêt pour ça.
34

La grossesse est vécue vachement différemment pour les mecs. Y'a pas le même rapport, pas de lien viscéral durant les neuf mois...
Le bébé arrive, et là l'homme doit trouver sa place instantanément dans ce "ménage à trois". Y'a ceux qui assument, ceux qui se désintéressent, et ceux qui se cassent.
T'as tout de même réfléchi à la question... Ça sent l'envie refoulée de paternité.
Charrie pas.
Y'a des centaines de pages dans un dico entre les mots Discours et Pratique.
Thierry... Ben t'attend pour aller au dodo.
Salut... Laurent.
Cathy.
J'arrive.
Luc.
TOC TOC
Salut vous deux.
Vous vous amenez les mains vides comme d'hab'...
Viens Alfonso, on repart...
35

C'était super bon. T'as progressé en cuisine...
Paul, tu te souviens de la tambouille infâme qu'il nous préparait, lorsqu'on était en fac?
Un conglomérat de pâtes beaucoup trop cuites, qu'il fallait découper à la scie avant de l'avaler.
Pour sa défense, il parvenait à assaisonner sa mixture avec des sauces divines. C'était peu attrayant mais pas dégueu'.
On s'en foutait finalement. Le plus intéressant c'était ses bouteilles. T'avais toujours du super pinard...
Vous étiez bien contents de les siffler les bouteilles de mon père. Heureusement qu'il descendait rarement dans sa cave.
Il t'a jamais gaulé?
Je lui ai pas totalement vidé, non plus.
C'est une de tes copines, Florianne?
Tututut!! Je te vois venir...
Pas du tout.. Je fais uniquement mon courtois.
36

Il y a 5 jours, t'étais larmoyant parce que Anna t'avais plaqué. Et là, t'es prêt à pervertir ma copine.
Pervertir ?
T'y vas fort.
Je te connais Luc. T'es tordu, et j'aime trop Florianne pour te laisser la démolir.
Bon, je m'incline. Si c'est pour sa santé mentale...
Emmène ça sur la table.
...J'veux uniquement l'aider à décorer son appart' en l'attendant... Mais au moment de déplacer cette étagère, que j'imagine juste adossée au mur, je force comme une maboule et blam !! elle se décroche. Elle tombe à 2cm de mes pieds, déversant les livres, les bibelots, les photos, tout...
Je ramasse les objets et comme j'ai les bras chargés, un des bibelots chute vers la petite table en verre...
Qui vole en éclats...
Je lâche le reste illico...
Je m'affole.
...En moins d'un quart d'heure, c'est l'apocalypse. Je commence à pleurer... Nerveusement... Puis je décide de téléphoner à mon assurance. La fille ne comprend rien, vu que je suis encore en larmes.
Heureusement, elle est adorable et me demande d'abord si je ne suis pas blessée...
37

...Après mes pitoyables explications, elle me calme et me dit de remplir une déclaration civile en précisant que j'étais chez un copain (et non mon petit ami), et qu'en voulant dénicher un objet derrière une étagère, celle-ci est tombée sur une table en verre.
Comment a réagi ton copain ?...
Oh ! Je l'ai prévenu par téléphone pour lui éviter un infarctus en voyant les dégâts...
J'imagine sa tronche.
Non, non. Il a été compréhensif...
Bon, on s'est quitté quelques mois après...
Mais pas pour ça...
Bref, vous êtes avertis. Vous pouvez foutre le souk chez vos amis, y'a pas de problème. Votre assurance rembourse tout...
Avec un giga malus bien sûr...
Comme prix de consolation, t'as droit à la première part...

Statistiquement, t'as des chances de gagner.
Me fais pas rire, t'en as pas. Les casinos sont pas là pour paumer de l'argent.. C'est mafia & Co...
Je vais te dire ce que c'est un casino.
T'as un euro sur toi ?
Je mets ta pièce dans ma poche, on va dire que c'est ta mise de départ...
Maintenant, mes mains derrière le dos...
Choisis-en une.
Rhooo ! T'as perdu !!
39

J'adore la mauvaise foi de ce type… Sa démonstration ne prouve rien mais c'est magistral.
J'peux récupérer ma pièce?
J'ai eu des nouvelles d'Hélène la semaine dernière…
Elle galère pour retrouver un boulot.
Aujourd'hui, il faut bosser dix fois plus qu'à l'accoutumée et la fermer pour garder sa place.
Si c'était que ça…
L'ANPE lui a proposé un bilan de compétences. Faut qu'elle revoie son CV à la baisse…
Son CV doit faire la longueur de mon bras…
Ils lui ont suggéré de supprimer certains diplômes et expériences pour dire: "J'suis un peu conne, mais pas trop. Vous aurez aucun souci avec moi!"
C'est un consultant qui le lui a recommandé.
Dire que ces mecs sont payés par l'État pour maquiller des CV et fournir des profils basiques adaptés à des boulots alimentaires.
Elle est maintenant bonne à vendre des assurances par téléacting.
Pff! C'est dingue!
Je te l'emprunte.

Paul, tu veux qu'on te raccompagne ?
C'est pas de refus. Ça m'évitera un taxi.
Allez. C'est mon jour de bonté, je fais la vaisselle avant de rentrer...
Non, laisse. J'ai promis à Cécile de la faire.
Vous n'emportez pas du gâteau ?
L'était pas bon ?
Pas question, Cécile va me traiter de mufle... Je lave, t'essuies... Ça te va ?
Marché conclu !
Est-ce bien prudent de te laisser des assiettes dans les mains après le récit de tes exploits ?
Dis rien à Thierry, mais quitte à les casser j'vais pas m'emmerder à les laver.
J'ai entendu !
Tu fais ça bien dis donc !
J'ai toujours été un peu maniaque.
C'est un vice appréciable chez un mec... Enfin, j'veux dire une qualité...
41
Pff !... On était 50 autour de cette table ?... J'en vois pas la fin...
Vas-y. J'peux terminer.
Non, ça va aller. C'est juste histoire de râler...

Et sinon, t'as un numéro de téléphone à me filer ?
Oups !
Crash !
T'as pas l'habitude des questions trop directes...
Quel crétin.
Fais gaffe, te coupe pas.
Ha ha ! T'es timide finalement...
C'est mignon.
Y'a de la casse ?
Désolé. Je t'en rachèterai une.
Tu rigoles... Vous ne vous êtes pas blessés au moins ?
J'ai pas réveillé le petit ?
Non, t'inquiète... Allez-y. On finira demain avec Thierry.
42

Bon... J'vais prendre un taxi... T'habites où ?
Pas loin... Près de République.
Moi j'suis à l'opposé.
Ravie de t'avoir connu...
À une prochaine.
J'ai glissé mon numéro dans une de tes poches...
43

Chapitre 3

Pff! Enfin un peu d'air frais...
Ça se passe bien? Ça ne doit pas être évident de parler sans arrêt dans votre micro comme vous le faites ?...
Oh, question d'habitude... Faut surtout jamais lâcher le client si on veut qu'il achète. ... Et puis, ça ne dure que trois jours.
STRICTEMENT RÉSERVÉ AU PERSONN
Moi, ces soldes monstres me fatiguent. Les gens refoutent les articles n'importe comment... Heureusement, je prends des vacances après cet enfer.
Je pars pour les États-Unis. Ça va être merveilleux...
Vous connaissez les États-Unis ?
Pas vraiment, J'ai juste visité New York,
J'y passe lors de mon voyage. Depuis le temps que j'en rêve... Ça doit être fabuleux comme endroit ?
Oui, c'est assez étonnant...
Étonnamment superficiel.
Ah?... Je sens que ça va me plaire...
Sûrement...
Olivia
Vous y allez à la bonne période. Il y fait très chaud.
Tant mieux.
Bon, j'y retourne. À plus tard...
Je termine mon café.

Les USA...
J'en garde surtout deux images... Les deux se situent dans l'aéroport de Roissy en fait.
?
D.E
J'avais enfin 18 ans et je ne supportais plus les luttes avec mon père. Même si maman était là pour calmer parfois le jeu...
...Rien à battre de tes études.
J'ai mon bachot, j'suis majeur et bien décidé à me consacrer à la comédie...
Un peu de tenue voyons... Qu'est-ce que ça va t'apporter ? Tu penses avoir le talent d'un Jean Gabin ?
En gestion, tu trouveras toujours du boulot vu les relations que j'ai dans la profession.
J'ai fait ce que tu voulais jusqu'à présent. À partir de maintenant, je mène ma vie comme je l'entends... D'ailleurs, je pars pour New York cet été...
Qu'est-ce que c'est encore que cette lubie ?

Il m'en a parlé... Écoute, s'il veut prendre du bon temps avant de recommencer les études...
Je serai toujours le dernier informé. Et que comptes-tu faire là-bas?
J'sais pas... Voir du pays, côtoyer des gens. Changer d'atmosphère.
Après tout, si ça t'amuse... Sois revenu pour ton mois d'été dans l'agence... Tu sais que j'ai besoin de toi durant cette période de vacances pour assurer la permanence téléphonique...
Qui peut savoir comment s'imposent les décisions désespérées? J'ai pris la mienne à cet instant précis.
Ok... Je... Je serai là début août...
Un déclic inexplicable qui allait bouleverser énormément de choses... J'envisageai donc la fuite comme seule solution...
Parfait. Dans ce cas, je suis même disposé à financer ton séjour. Tu t'occupes des formalités. Prends l'argent qu'il te faut...
En revanche, je t'inscris pour septembre en BTS... Il faut bien que quelqu'un prenne une décision, tu sembles encore irresponsable...
Mais...
Bon sang, y'a personne dans cette baraque pour comprendre? ...Maman, tu restes muette?..
Fais confiance à ton père. Il ne souhaite que ton bien.
Crois-moi, tu nous remercieras plus tard.
46
Tu parles!

Voilà, c'était clair. Même si c'était une connerie monumentale, je partais aux USA sans projet de retour... Sans doute une résolution d'adolescent, mais c'était pleinement la mienne.
LIBERTY Voyages
Je pris un billet aller/retour pour obtenir le visa touristique, et réservai une chambre d'hôtel pour une semaine...
La veille du départ, je bourrai mon sac de fringues sans réfléchir à ce dont j'avais vraiment besoin.
Le plus pénible fut de rédiger cette longue lettre expliquant que je ne reviendrais pas. Une excuse mal tournée à l'attention de ma mère, demandant son pardon...
Elle n'y était pour rien en somme... Je la rassurai du mieux possible et lui promis de trouver un emploi dans le délai accordé par mon visa.
La partie pour le paternel était plus amère. Je spécifiai de ne pas chercher à me retrouver. Si l'envie se faisait sentir, j'essaierais de donner de mes nouvelles...
Je postai la lettre de l'aéroport, regardant l'adresse une dernière fois.

Après 8 heures passées à méditer, j'arrivai enfin à Manhattan.
Je ne restai que deux nuits dans l'hôtel réservé depuis Paris, et...
Je vivais d'hôtel minable en dortoir puant pour économiser le fric au maximum. J'avais vidé totalement mon compte en banque...
Ajouté à celui de mon père, j'avais de quoi vivre pendant quelque temps.
Un tantinet parano, je le gardais caché sur moi. À la manière du type au début de Midnight Express...
Enfin, lui ne planquait pas du fric...
Je cherchai du boulot, mais n'essuyai que des refus. Sans cette foutue carte verte, il était quasi impossible de trouver un job valable.

Heureusement, les endroits surprenants que je découvai compensaient l'état d'abattement dans lequel j'étais parfois.
Puis arriva l'expiration du visa... La galère commençait... Je devenais clandestin en Amérique.
Pourtant, je n'avais aucun regret. J'avais même plutôt l'impression que tout m'était permis...
Je dénichai des boulots miteux, en rendant des services. Je faisais les courses d'une vieille dame.
J'apprenais le français à un gosse de onze ans préférant jouer avec sa console vidéo pendant que je corrigeais ses devoirs...
Le plus con, c'était de m'occuper d'une dizaine de chiens.
Les habitants d'un immeuble me les confiaient durant la journée.
49
Je les emmenais se défouler dans les espaces prévus par la ville.
Quelle angoisse!
Il fallait reconnaître ces clébards au milieu d'une centaine d'autres qui se secouaient stupidement les puces...

Et je ne vous parle pas de l'énergie dépensée pour les attraper afin de les rendre à leurs propriétaires...
J'ai manqué de me faire mordre plus de 50 fois.
J'ai également fait le clown... C'était déjà plus dans mes cordes... Je déballais des conneries sur la culture française...
Les gens rigolaient... Mais mon accent déplorable devait être plus risible que mes blagues...
To do business, you have to be American. But if you just want to be clever, you can also just be French.*
*Pour faire du commerce, il faut être Américain. Mais si on veut juste être intelligent, on peut aussi bien être français.
Dans Central Park, je vendais de l'eau... Il m'est souvent arrivé de courir après des crétins en roller... Grâce à eux, j'aurais pu m'inscrire pour le marathon de New York
À force de squatter les bars, je discutai avec des habitués...
Un soir, une femme m'a accosté... Ma gueule de Français moyen lui revenait. Elle me proposait de tourner dans le pilote d'une sitcom pour teenagers.

La série a fait un carton. On me voyait partout. Pub, presse, télé...
Esquire
Première
Le cinéma était une évidence. J'enchaînais film sur film...
Jusqu'à la reconnaissance ultime : l'Oscar !
Ben non, ça ne s'est pas du tout passé ainsi. Car au pays du McDo, les contacts ne connaissent jamais de lendemain.
Mon rêve américain était une monstrueuse supercherie.
Pretty Woman n'étant qu'un pâle remake de Cendrillon, les livres et les films restent principalement des fables...
Au bout de sept mois sur le sol new-yorkais, je trouvais décidément le temps long...
Le fric commençait hélas à manquer, au point de dormir dans des parcs ou des apparts en chantier.
C'en était assez... Je m'épanchai auprès de la vieille dame qui était riche et charmante.
Je lui ai fait la totale : mal du pays, déracinement, manque d'affection de ma mère... Tout. Vraiment tout pour l'apitoyer.

Ce n'était pas joli, joli, j'en conviens...
Mais elle était si contente de m'aider qu'elle me donna de quoi acheter un billet retour pour la France.
J'ai dégoté une promo à 2000 balles...
Ce qui donne aujourd'hui...
Environ 305 euros.
Je chopai un car pour Boston afin d'éviter les contrôles d'immigration new-yorkais. Je m'étais surtout appliqué à trafiquer la date de visa sur mon passeport.
Ce qui ne m'a pas empêché de flipper comme un maboul devant le poste de douane.
Je me retrouvai de nouveau à Roissy, sept mois et trois semaines après avoir entamé cette fugue imbécile...
52
Et forcément, personne ne m'y attendait...

... Pas très fier de l'avoir fait, mais...
J'avais vécu pendant un instant comme je l'avais choisi.
Excuse me Sir. Could you tell me where I can find the Roissy shuttle, please?*
*Excusez-moi Monsieur. Pouvez-vous me dire où je peux trouver la navette de Roissy, s'il vous plaît ?
Euh... Moi pas understand !
53

Fin de la pause. Public chéri, je reviens !
...Mesdames et Messieurs, en ce début d'après-midi, précipitez-vous au rayon sport de notre grand magasin...
Des survêtements, des vestes de jogging.
À des prix fous !
...Le lot de six chaussettes Fila pour 8 euros seulement.
8€ le lot de 6
Profitez également de 30% offerts sur les paires de baskets Adidas...
...Si élégantes qu'elles se portent aussi en soirée.

SOLDES
GAP
Anna ?...
...C'est toi ?... Anna !
Il faut que je te parle...
Il faut que je te dise. J'ai...
J'ai été nul la dernière fois.
Je ne sais pas comment...
Laisse-moi. Je ne veux plus te voir, ça suffit !..
Ton micro...
On entend tout.
S'il te plaît.
Je m'en veux...
Mais arrête. T'es con...
Tu... Tu me fais honte.
55

Où il est ce crétin?..
Ha!!
Vous êtes malade?
C'est quoi ces conneries? On n'est pas au cirque...
Attends Anna... J'ai...
J'ai besoin de toi.
Vous êtes viré, vous m'entendez? Vi-ré!... Ne remettez plus jamais les pieds dans ce magasin... Ni dans aucun autre d'ailleurs. Je vais vous faire de la publicité moi...
Mais lâchez-moi, bordel!
Ça ne se passera pas comme ça, espèce de dégénéré. Je vais appeler la police...
REVENEZ ici!!.. comment on ferme ce micro?!...
56

SOLDES
Ce parfum !!...
Chanel N°19. Le parfum de maman.

Je suis toujours fasciné par la persistance de certaines odeurs, même après tant d'années...
`Fallait avoir l'odorat d'une palourde pour pas le sentir. Ma mère s'en mettait un litre derrière chaque oreille...
Elle en vaporisait également sur mes mouchoirs...
... car à 6 ans c'est souvent pénible les colonies de vacances.

Sentiment d'abandon pour l'un...
De culpabilité pour l'autre...
T'en fais pas, dès que le car va rouler il sera entre copains et ses parents seront le cadet de ses soucis...
T'avais tout faux papa, dans la mesure où j'ai souvent pensé à vous deux. Et bien plus encore à mon retour de New York.
Fraîchement débarqué, j'étais incapable de me pointer au domicile familial. Manque de courage sans doute... Il fallait que je reprenne des repères.
Avec l'argent qu'il me restait, je dénichai une chambre bon marché... Il existe bel et bien des hôtels pas chers sur Paris...
Suffit de ne pas être trop regardant.
59
12
C'était plus fort que moi, en moins de trois jours, je traînais devant la maison.

Je restais à distance sans pouvoir franchir le pas...
Pourtant, une curiosité malsaine me poussait à revenir chaque jour. C'était obsessionnel, je ne devais pas rater l'occasion d'apercevoir mes parents.
Le cinquième jour, j'ai vu mon père monter en voiture... Quand j'y repense, j'aurais pu crever l'abcès à cet instant, mais je préférais naïvement commencer par ma mère.
Mon paternel éloigné, je tentai une approche.
Les minutes ont défilé... Sans bouger. Et...
Luc ?...
C'est bien toi ?

Qui était cette femme ?
Au début je pensai avoir affaire à une quelconque voisine. Mais d'où me connaissait-elle ?...
Elle affirmait être l'amie de mon père...
Elle m'avait vu sur des photos.
Elle était si contente de me voir, devant elle, bien réel...
Et souhaitait que j'entre en attendant Antoine.
Son blabla était confus. Je ne cherchai pas à comprendre... Je voulais partir loin de cette folle.
Vous ne m'avez jamais vu, compris ?
Non, non ! Ne t'en va pas !
Comment te dire ?..
Ce n'est pas à moi de te l'annoncer. Mais... Il s'est passé des... des choses en ton absence.
Je t'en prie. Entre.
Vous avez les clés d'ici ?...
61
Bon. Écoute, je... C'est difficile... Mais...
Ta mère est malheureusement décédée.

J'avais raison... J'avais une folle en face de moi... Une parfaite inconnue qui me débitait des insanités.
Cancer...
Désolée...
Brutal...
Reste... C'est important.
62
Je restai... Mais cette Nathalie, consciemment ou non, m'achevait en m'entraînant dans cette maison dont elle avait visiblement pris "possession"...

J'étais heureusement incapable de réagir, sinon j'aurais fait une connerie...
Je m'estimais, égoïstement, abandonné par ma mère... Si j'étais revenu, c'était pour elle.
J'ai eu Antoine. Il ne va pas tarder...
Veux-tu un second café ?
Oui !
Pas très à l'aise, nos gestes ont remplacé naturellement les paroles...
On s'est abstenu d'évoquer ma fugue... C'est con de penser ça en de telles circonstances, mais les reproches inévitables m'étaient ainsi épargnés.
Je l'écoutai... Attentivement...
De plus en plus troublé par les trémolos de sa voix.
63

Les douleurs de ma mère de plus en plus fréquentes. Les visites chez le toubib et son diagnostic irrévocable.
Commencent alors les traitements pénibles, les examens, les comptes-rendus des médecins, les visites des proches, les hospitalisations sans fin...
Puis son placement en soins intensifs.
Dans un moment de lucidité, et en dépit des doses toujours plus rudes de morphine, ma mère voulut revenir à la maison, affirmant qu'elle se sentait mieux.
Mon père et l'aide-soignante la raisonnèrent. Dès lors, elle renonça à combattre cette saloperie de crabe...
Et un matin, l'hôpital appela mon père en urgence.
Mais à son arrivée, c'était terminé...
Les obsèques ont eu lieu sans moi...

... J'étais pas là ...
65

Chapitre 4

En fait, ces cours m'ont surtout aidé à vaincre une grande timidité.
Depuis, c'est fou comme je suis bavarde !
J'aurais dû te rencontrer avant.
Toi, t'avais un don. C'est dommage que tu n'aies pas persisté...
T'es bien la seule à l'avoir remarqué. J'ai jamais réussi à décrocher un rôle.
Je te trouvais plutôt brillant. Quand même pas Louis Jouvet, mais on sentait un potentiel...
Bah... J'avais pas le choix.
J'ai cherché un boulot pour payer cette école. Lorsque j'en ai trouvé un, j'avais plus le temps d'aller aux cours...
66

Je me souviendrai toujours du premier cours où l'on devait faire une impro devant la prof et les autres élèves...
Personne ne se connaissait, on était tous intimidés...
Le calvaire.
Ton passage était à mourir de rire...
Oh non!... J'étais flippé... Et j'ai joué le con pour donner le change.
Je...
Je vais réciter un poème.
Naf-Naf, le petit lapin!
Naf-Naf? c'est un cochon...
Je sais... Mais dans mon poème c'est un lapin...
67

Poursuis s'il te plaît.
Donc... Naf-Naf, le petit lapin.
"Naf-Naf, le petit lapin, Tu gambades dans le jardin, Tu es un fieffé coquin. Naf-Naf, le petit lapin, Tu devrais arrêter les carottes, Ça te fait faire des petites crottes."
"Naf-Naf, le petit lapin, Quand je regarde tes yeux roses, À cause de ta myxomatose."
"Naf-Naf, le petit lapin, Je ne peux m'em-pêcher de saliver, Car ce soir, miam-miam, y'aura du civet..."
C'était de l'impro totale ?
Presque. Je l'avais écrit vite fait en attendant mon tour.
Tu te souviens de Florianne? Ma copine allumée que tu as rencontrée chez nous lors d'une soirée...
Euh... Oui.
Elle m'a demandé de tes nouvelles.
C'est gentil.

C'est gentil ?
C'est tout l'effet que ça te fait ?... T'as un vrai problème avec les filles.
Mais... Non !... Tu voudrais que je te réponde quoi ?
Je ne sais pas. Ça te laisse indifférent.
Non, non... Mais j'suis pas du genre à m'emballer à la première rencontre.
Qui te parle de ça ? Tu peux prendre un verre avec elle sans forcément penser à te caser direct !! Et puis je la connais. Elle est grande gueule mais si elle sent un malaise, elle insiste pas...
Mmmh... C'est sympa de ta part... Dis, t'essaierais pas de me refiler ta copine ?
T'es lourd !
Y'a plein de mecs devant sa porte, si tu veux savoir... Avoue que tu cherches un prétexte de peur qu'elle te plaise.
Comment expliquer mon désintérêt aux filles de mon âge ?
Je les confronte à ma belle-mère ?
Comment révéler mon incapacité à résister à l'appétit de cette nymphomane...
Sans passer pour un opportuniste ?
69

Mon père avait mis de l'eau dans son vin à la suite du décès de ma mère... Après tout, nous étions l'un pour l'autre tout ce qu'il nous restait comme famille, il a bien fallu faire des concessions...
Veuillez débarrasser la table, les hommes, le dîner est prêt !
Du moins se supporter.
Je dis "famille" sans inclure Nathalie, car je ne l'ai jamais considérée comme telle, malgré ses efforts pour qu'on s'entende.
On peut même dire qu'elle a fait son maximum pour ça...
Un soir où mon père devait rentrer tard...
Elle n'a rien trouvé de mieux que de venir m'aguicher dans ma chambre...
Lentement, sournoisement, elle m'a rejoué "Le Lauréat" sans complexe.

Et moi, jeune con, je ne lui ai offert aucune résistance.
Juste un peu d'étonnement, je vous l'accorde. Mais mettez-vous à ma place...
J'étais inexpérimenté à l'époque...
On peut même dire sexuellement tardif.
Elle m'apportait sur un plateau ce qui me paraissait inaccessible.
Ni une ni deux, j'ai plongé dans ses griffes...
L'occasion était trop belle...
Non seulement je baisais avec une femme, mais en plus je transgressais un interdit.
Parce que mine de rien, je me tapais la nana de mon "cher" père, là!
C'était bougrement tordu, mais suprêmement jouissif.
71

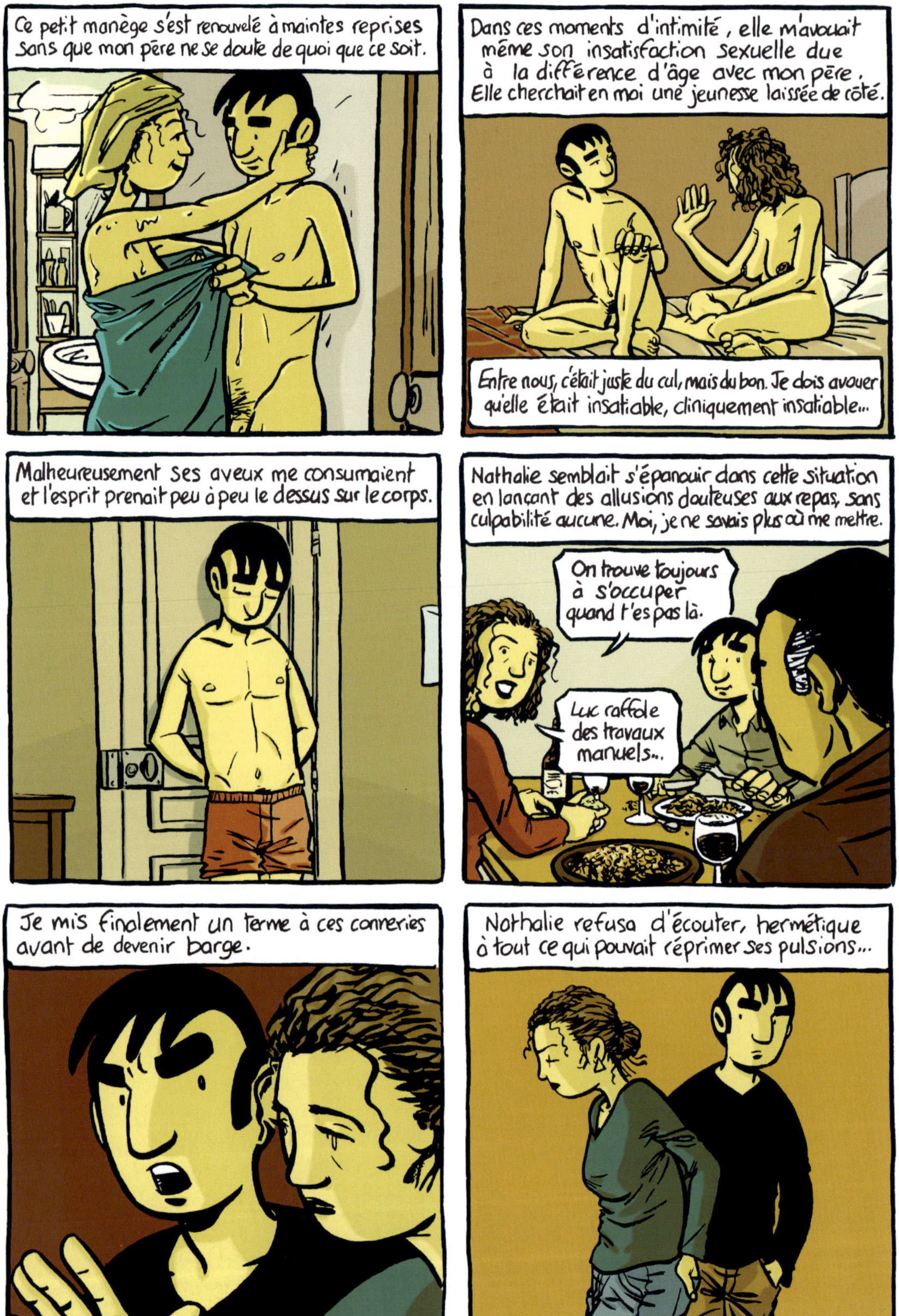
Ce petit manège s'est renouvelé à maintes reprises sans que mon père ne se doute de quoi que ce soit.
Dans ces moments d'intimité, elle m'avouait même son insatisfaction sexuelle due à la différence d'âge avec mon père. Elle cherchait en moi une jeunesse laissée de côté.
Entre nous, c'était juste du cul, mais du bon. Je dois avouer qu'elle était insatiable, cliniquement insatiable...
Malheureusement ses aveux me consumaient et l'esprit prenait peu à peu le dessus sur le corps.
Nathalie semblait s'épanouir dans cette situation en lançant des allusions douteuses aux repas, sans culpabilité aucune. Moi, je ne savais plus où me mettre.
On trouve toujours à s'occuper quand t'es pas là.
Luc raffole des travaux manuels...
Je mis finalement un terme à ces conneries avant de devenir barge.
Nathalie refusa d'écouter, hermétique à tout ce qui pouvait réprimer ses pulsions...
72

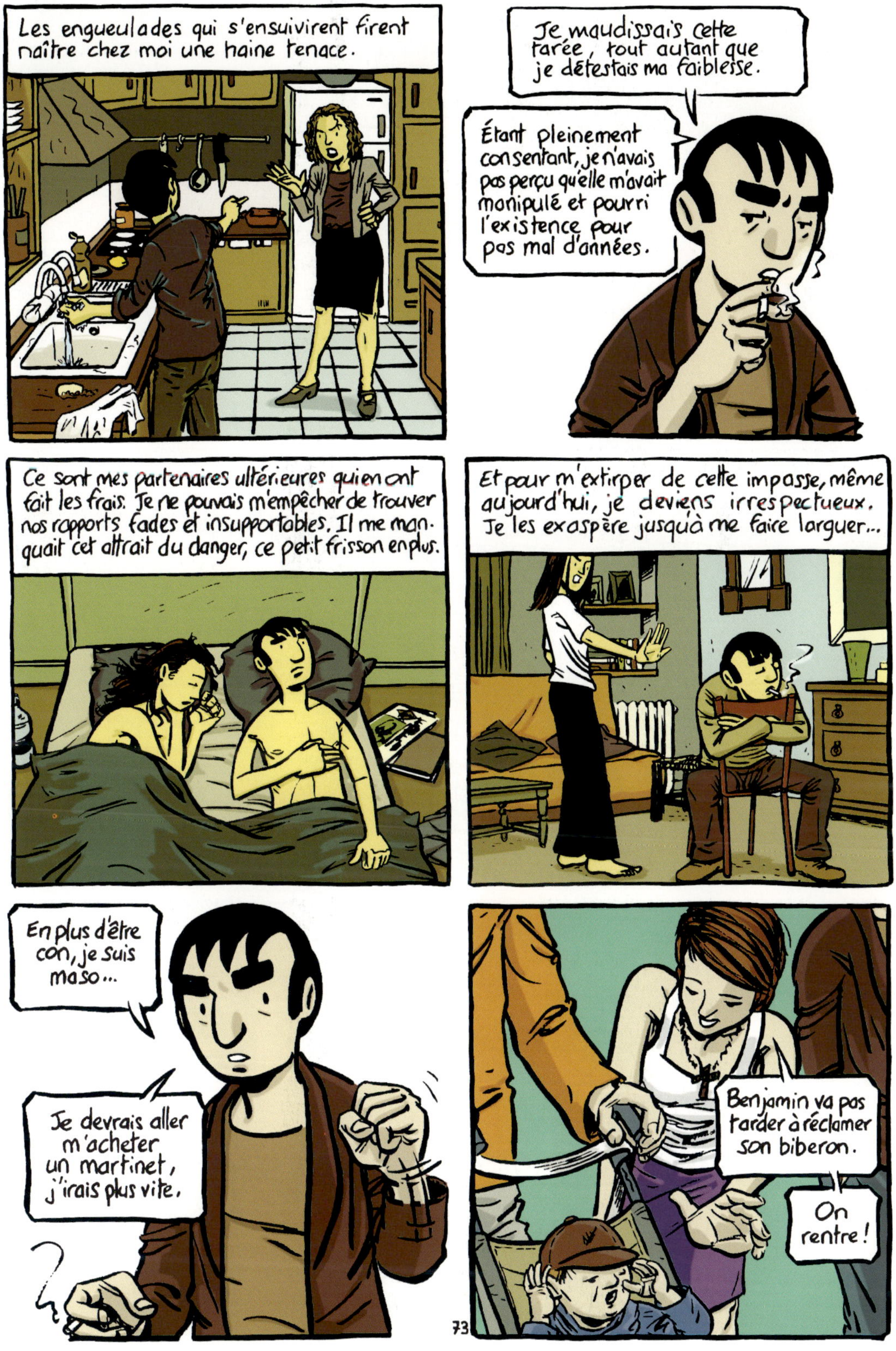
Les engueulades qui s'ensuivirent firent naître chez moi une haine tenace.
Je maudissais cette tarée, tout autant que je détestais ma faiblesse.
Étant pleinement consentant, je n'avais pas perçu qu'elle m'avait manipulé et pourri l'existence pour pas mal d'années.
Ce sont mes partenaires ultérieures qui en ont fait les frais. Je ne pouvais m'empêcher de trouver nos rapports fades et insupportables. Il me manquait cet attrait du danger, ce petit frisson en plus.
Et pour m'extirper de cette impasse, même aujourd'hui, je deviens irrespectueux. Je les exaspère jusqu'à me faire larguer...
En plus d'être con, je suis maso...
Je devrais aller m'acheter un martinet, j'irais plus vite.
73
Benjamin va pas tarder à réclamer son biberon.
On rentre !

Ça vous dérange si on fait un saut dans une petite boutique de disques d'occaz' juste à côté ?
L'appartement croule sous les CD, t'en as pas assez ?
Cinq minutes...
Pop Rock
Propaganda !! Je pensais qu'il n'avait jamais été édité en CD...
Oh làlà !.. Typique des années 80...
Bonjour la nostalgie.
La grande époque du synthé... Des vidéoclips à effet stroboscopique, de Marc Toesca et de son Top 50... Merci pour le coup de vieux, Thierry...
T'as pas trouvé l'album de Sabrina chantant "Boys, boys, boys" ?...

Si, je l'ai vu dans un des bacs... Tu le veux ?
Non, laisse tomber, c'était le clip le plus intéressant.
PATISSIER BOULANGER
Allez champion, sors tes muscles...
Porte d'Orléans
Sortie
1 bd Saint-Germain
Mince !... c'est la cata' le trafic...
Merci, Merci à vous tous d'être réunis pour mon anniversaire... Ça fait chaud au cœur !
Ah? Je ne vois pas tonton Marcel...
Il est en retard comme d'habitude !

La réception va se poursuivre dans la petite salle du fond...
Pas d'inquiétude, il y aura du gâteau pour tous !!
On va prendre le RER... On s'appelle ?
Bon retour. Bye...
76

*Aimee Mann-B.O.Magnolia.

Chapitre 5

À quoi bon... Les fleurs n'ont d'importance que pour les vivants.
Papa a payé le marbre. Ça se voit...
'Fallait qu'il soit le plus beau du cimetière...
78

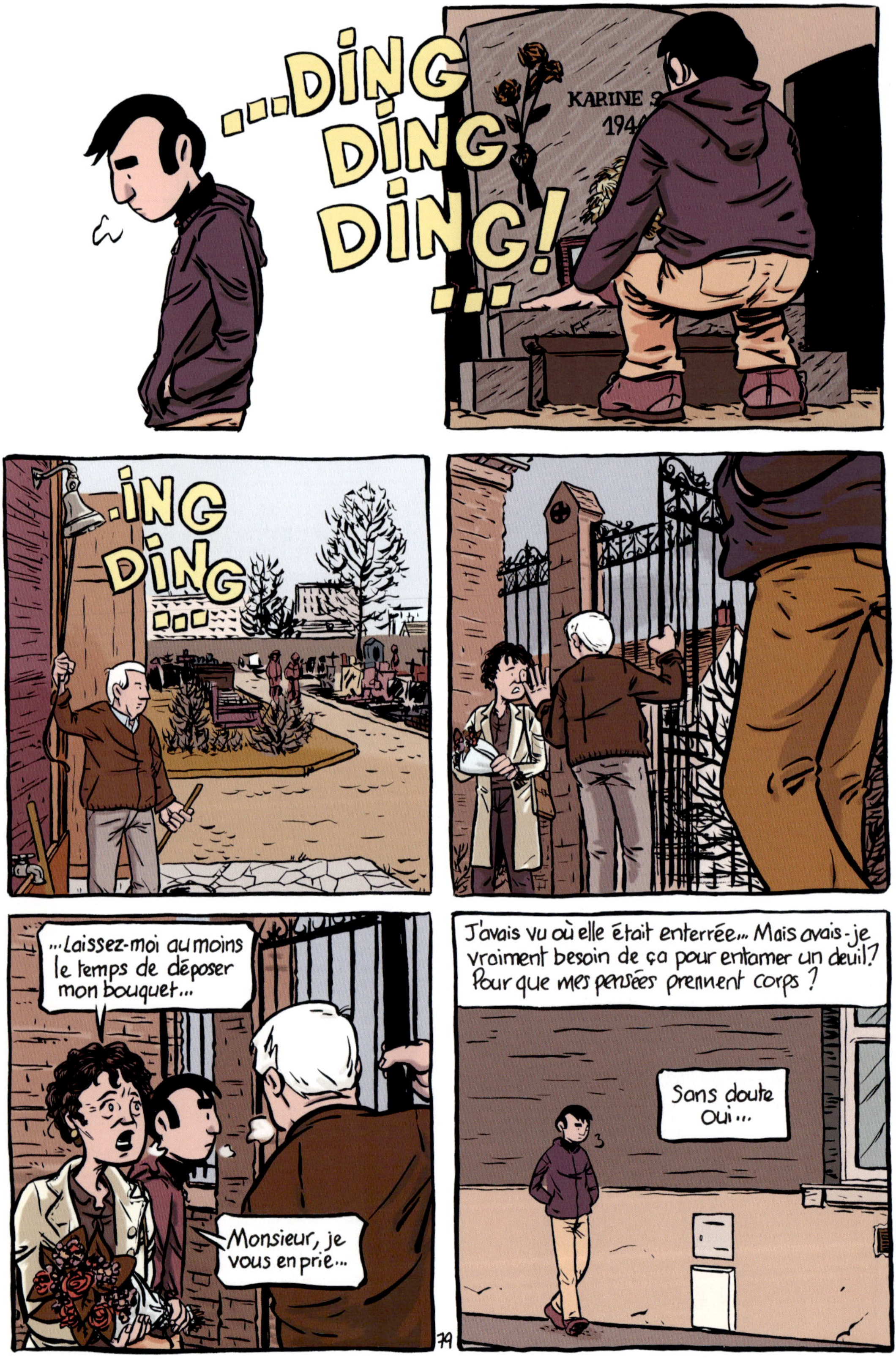
...DING DING DING! ...
KARINE S
1944
.ING DING ...
...Laissez-moi au moins le temps de déposer mon bouquet...
Monsieur, je vous en prie...
J'avais vu où elle était enterrée... Mais avais-je vraiment besoin de ça pour entamer un deuil? Pour que mes pensées prennent corps ?
Sans doute oui...

La société est bien fichue. S'il vous reste le moindre remords envers un proche hélas disparu, vous pouvez toujours chercher son pardon sur sa tombe.
Ça soulage pas mal la conscience...
C'est aussi à ça que servent les cimetières.
J'aurais donné cher pour déguerpir loin d'ici...

... Sans pour autant devoir me taper une nouvelle fugue...
Heureusement ou malheureusement les évènements en ont décidé autrement...
Vous êtes Luc, le... le fils de Karine ?
On se connaît ?
Je vous ai aperçu tout à l'heure...
Au cimetière.
Je m'appelle Liliane. Je suis une amie de Karine. Je... C'est une chance de se croiser...
81
Je n'ai pas pu assister aux funérailles et je tenais à vous dire...
Moi non plus...
Ah !...

Je pensais que vous y étiez...
J'ai failli partir...
Vraiment pas d'humeur à recevoir ma culpabilité en pleine tronche.
Curieusement, je suis resté...
Mû par un profond besoin d'entendre parler de ma mère.
C'était une battante...
Crois-moi, à l'hôpital, elle est restée fidèle à elle-même.
Elle refusait les apitoiements...
Chacun garde d'elle l'image de sa bonne humeur... La pitié lui aurait certainement détruit le moral.
On avait compris que voir ses amis lui donnait de la force.
Pas une journée ne se déroulait sans visite.
82
Je garde au fond de moi cet exemple de douceur.

Cette Liliane m'a rassuré sur un point. Ma mère a été entourée jusqu'au bout...
Mais pas par mon père...
Quel choc en apprenant qu'il ne s'était pratiquement jamais rendu au chevet de ma mère.
Comment ça ?
Bah, on peut pas dire qu'il fut d'un soutien vertigineux...
Karine s'en plaignait peu, mais on sentait qu'elle prenait sur elle... Ce n'était pas ce qu'il lui fallait.
83

...Des chocolats... Tu as droit aux chocolats ?...
Je ne pense pas... Mais c'est gentil.
Ton père n'a pas dû supporter l'état dans lequel elle était.
Il s'est bien gardé de me le dire.
Karine lui avait pardonné. Elle plaisantait souvent sur son incapacité à rester plus de 5 minutes dans un hôpital.
L'ordure...
Non, 'faut pas dire ça... On réagit tous différemment face à la mort.
Trop facile... Moi, j'aurais tout fait pour elle, j'aurais dormi près d'elle, chaque nuit...
Mais t'étais absent...
Et c'était son plus grand regret.
PAM
84

N'en veux pas à ton père. Il n'était pas l'homme parfait que Karine aurait souhaité, mais il était gentil et infiniment sécurisant...
Pour elle comme pour toi.
J'étais dans un état de confusion déconcertant...
La jeunesse n'étant pas synonyme de sagesse, je fonçai illico chez mon père.
Impulsion qui n'a en rien soulagé ma colère.
THAC!
85

TZiii Ziiiii
Ziii Tzi Tzi...
Pff!... Ces foutus violonistes. Ils me vrillent les tympans...
À force de mémoriser des airs approximatifs entendus dans les couloirs du métro, ils parviennent même à massacrer "Jeux interdits"...
Et pourtant, ils sont obligés d'auditionner devant les services de la RATP avant de jouer dans les rames...
Ça prouve que la RATP se fout royalement de ses usagers.
..SSHiiii!!
La conne!

Sorry...
Je désolé... Je...
Excuse me.
Rien à foutre de tes excuses.
T'as vu mes fringues, espèce de débile...
Très désolé...
Déja de retour ? ...
Bravo ! C'est du propre...
Ah ! C'est pas le moment...
Va falloir parler sérieusement... J'ai croisé Liliane, elle m'a confié deux-trois choses peu glorieuses sur toi.

Oh là, doucement jeune homme. Je ne sais pas ce qui t'est arrivé, mais ce n'est pas la peine de passer tes nerfs sur moi...
T'as jamais aidé maman. T'as jamais daigné lui rendre visite à l'hôpital...
T'es un foutu salaud.
Elle était à l'agonie et tu l'as laissée crever.
Je...
Que se passe-t-il ?
Aucune idée... Il crie depuis qu'il est entré...
Arrête ! Fais pas l'innocent. La copine de maman m'a tout raconté.
Mais de qui parles-tu ?
Je déteste sa façon de prendre les personnes de haut, a fortiori lorsqu'il est pris en défaut. Une sale méthode par trop utilisée dans son boulot pour se sortir des pires situations.

J'étais incapable de me calmer.
J'avais longtemps attendu une pareille occasion pour m'affronter à lui...
Je jubilais en me croyant maître de la situation.
Pourtant, lorsque mon père saisit enfin un brin intelligible au milieu de tous ces reproches...
...Tu crois tout savoir en écoutant une femme que tu rencontres pour la première fois.
J'ai tendance à croire quelqu'un qui, contrairement à toi, m'affirme être venu voir maman quasiment tous les jours,
Ça te permet de me traiter de salaud ?... Tu peux me rappeler où tu étais à l'époque ?
Chapeau pour ce coup bas...
Je sais, je suis fautif. Je m'en mordrai les doigts toute ma vie... Mais ça ne justifie en rien ton putain de comportement.
89

C'est facile de donner des leçons.
Tu n'as pas eu à supporter les angoisses. À batailler pour obtenir juste une bribe de renseignement au coin d'un couloir...
À être obligé de mentir à Karine alors qu'elle n'était pas dupe.
Ça me paraît pourtant simple... Avec un minimum d'amour on y arrive aisément.
Mais c'est subir la maladie de maman qui t'a coûté... C'était quelque chose de nouveau pour toi de subir, toi qui d'habitude contrôles tout. À la maison comme à ton bureau.
Là, tu t'es senti impuissant et t'as tout bonnement baissé les bras.
Tu te rends compte de ce que tu dis ?... Si tu savais ce qu'il a enduré.
Ben tiens...
C'est lui qui avait la perf' de morphine dans les veines ?
Petit con.
Et puis t'as pas à intervenir, toi. T'es pas de la famille...
90

D'ailleurs, j'imagine que t'as pas dû attendre longtemps avant de tortiller ton cul sous les yeux de mon père pour t'incruster ici...
SPlaa!!
SPlaa!
Ça suffit!!
Il est hors de question que tu t'en prennes à Nathalie.
Si tu veux tout savoir, karine m'a demandé de venir le moins souvent possible...
Ta mère s'inquiétait plus pour moi que pour elle.
C'est sûr, mes petites angoisses n'étaient rien en comparaison de son état...
Mais elle voyait mon malaise dès que j'entrais dans sa chambre.
91

Je te signale aussi qu'elle espérait ton retour. Et n'attendait que ça la malheureuse...
Elle souhaitait me savoir à la maison pour...
Excuse lamentable monsieur le juge!
Oh! Tu m'agaces à la fin... Bien sûr, je savais dans quel coin tu te trouvais, mais tu me pardonneras, j'avais plus urgent...
En fait, j'estimais que cette escapade était une expérience qui te permettrait de mûrir.
Sachant où j'étais, il aurait quand même pu chercher à me prévenir...
J'suis pas Interpol. Je savais que tu étais à New York, rien de plus... J'ai rassuré ta mère en lui affirmant que tu saurais te débrouiller.
Tu n'es pas mon fils pour rien...
Il ne suffisait pas de la rassurer...
92

C'est un monde, ça !
Tu acceptes uniquement ce que tu peux concevoir... Antoine était bloqué parce qu'il aimait ta mère.
Et non parce qu'il était insensible.
Me pourris pas la tête avec tes conneries... Tu te dévoues fatalement quand tu aimes.
Oh là là !!... Faut arrêter de sacraliser ta mère. L'amour n'est pas un sacrifice...
Je ne sacralise personne.
C'est vrai... Tu n'as pas terminé ton oedipe ou quoi ?...
Karine avait des qualités mais aussi ses défauts. Elle n'a jamais craché sur l'argent par exemple, et en a bien profité... Tout comme toi aujourd'hui.
Cesse donc de penser que je suis le dernier des salauds parce que je gagne très bien ma vie...
Maman n'a jamais protesté. Elle a fermé sa gueule pour te laisser diriger notre vie comme tu l'entendais.
C'est abject ce que je vais te dire, mais elle a tellement intériorisé qu'elle s'en est rendue malade...

Par conséquent, je te tiens pour responsable...
Ok, j'y étais allé un peu fort...
Une pique stupide.
Mais bon, cette sale impression me torturait depuis longtemps, avant même de me rendre sur la tombe de ma mère.
Il fallait que ça sorte. C'est sorti violemment.
C'est monstrueux.
Je crois qu'après ça, il est inutile de continuer à se parler.
Je ne pensais pas... Enfin pas à ce point...

Ce n'était plus la peine de rester sous son toit... De toute façon, il fallait bien que je me casse un jour.
Je n'ai fait qu'accélérer l'échéance...
Pulp Fiction

Epilogue

Je suis parti de la maison immé-diatement après cette brillante empoignade...
J'ai squatté chez un pote, et j'ai trouvé des petits boulots qui m'ont permis ensuite de m'installer dans un studio minuscule.
Seul et sans aide, on ne peut pas être trop exigeant...
Finalement, après 3 ans de Cours Simon, je me suis retrouvé à "parler" dans des magasins...
Pas bien folichon comme parcours.
La même chose s'il vous plait.

CAFE
CAFE
BRASSERI
Qu'est-ce qu'elle fout ?
Après toutes ces années, je comprends mieux ce que ressentait mon père, sans pour autant l'excuser...
J'ai encore du mal à accepter sa "paralysie" de l'époque.
Pourtant, il est parvenu à rester le même, à assumer le poids de la mort, et à continuer sa route...
Moi, la maladie, la mort, ces concepts éminemment adultes m'ont arraché brutalement de mon adolescence tardive.
Oui, je dois vous l'avouer, j'admire sa force.
Restaurant du Boulevard

La voilà...
C'est notre second rendez-vous.
Salut!.
Excuse-moi pour le retard... Tu vas bien?
T'as dû me maudire cent fois, n'est-ce pas ?... T'aurais moins pesté si t'avais eu un téléphone portable...
Elle a une grande gueule, ça me déstabilise...
Mais j'aime ça.
J'ai certainement besoin d'être malmené, de sentir qu'on me résiste...
A fortiori de côtoyer des caractères forts et des ambiances conflictuelles.

Pourtant Anna était loin d'être sans caractère, mais j'ai joué à la pousser dans ses retranchements, sans jamais me confier... Le jour où ça a explosé, c'était trop tard.
Elle a réagi trop tard.
Je dois être un grand malade finalement. Je passe ma vie dans le désordre et la lutte.
Mademoiselle?
Euh?... Rien. ... Merci...
Avec elle, c'est différent...
Tiens... Cadeau.
Pour moi?
Non, pour le monsieur à côté...
Ouvre, gros bêta!
Un DVD? ...
J'ai pas de lecteur.
99

T'as pas de portable, t'as pas de permis de conduire, t'as pas de DVD... Pff !!
T'es à la pointe de la modernité, toi.
T'en fais pas... Termine ta bière et on se le regarde chez moi.. Je suis une femme moderne, moi... Pragmatique, et munie d'un lecteur de DVD.
Si le film t'emmerde, on pourra toujours changer d'occupation.
"Intimité" de Patrice Chéreau.
Tu me fais des avances, là ?
Je suis une foutue pragmatique je te dis...
INTIMITÉ
100

Elle me contredit, j'accepte. Elle me provoque, ça me touche... Pourquoi je ne lui en veux pas?
Si mon père ou même Anna avaient osé le dixième de ses commentaires, le quartier serait déjà zone sinistrée.
L'amour rend aveugle dit-on. J'ai plutôt l'impression qu'il rend lucide.
J'évolue...
J'avance...
Tout bêtement...
Espérons que ça ne soit pas simplement passager.
Sincèrement, je ne suis pas pressé de revoir l'odieux Luc pointer son sale nez...
101
Michel-Yves Schmitt 08/05

La boîte à bulles champ libre

Un Automne à Hànôi
de Clément Baloup

Dérives
de Michel-yves schmitt

Sorcières, mes soeurs
de Chantal Montellier (à paraître)

Quitter Saïgon
de Clément Baloup (à paraître)

Je remercie Cédric et Vincent R. pour leurs idées,
Alex pour les pétouilles, Vincent H. pour sa confiance,
et surtout Isabelle pour son soutien et sa présence.

Les 50 premières pages de cet album ont été publiées au préalable dans la revue *Patate Douce* de Stéphane Godefroid. Qu'il en soit remercié.

Michel-Yves Schmitt

Achevé d'imprimer en octobre 2005 par les imprimeries Futurgrafic (Espagne)